KB056119

메이

**이태선**

경상남도 거창에서 태어났다.

1998년 『현대시학』을 통해 시인으로 등단했다.

시집 『눈사람이 눈사람이 되는 동안』 『손 내밀면 미친 사람』 『메이』를 썼다.

파란시선 0067 메이

**1판 1쇄 펴낸날** 2020년 10월 16일
**지은이** 이태선
**디자인** 최선영
**인쇄인** (주)두경 정지오
**펴낸이** 채상우
**펴낸곳** (주)함께하는출판그룹파란
**등록번호** 제2015-000068호
**등록일자** 2015년 9월 15일
**주소** (10387) 경기도 고양시 일산서구 중앙로 1455 대우시티프라자 B1 202호
**전화** 031-919-4288
**팩스** 031-919-4287
**모바일팩스** 0504-441-3439
**이메일** bookparan2015@hanmail.net

ⓒ이태선, 2020, printed in Seoul, Korea

ISBN 979-11-87756-79-8 03810

**값** 10,000원

# 메이

이태선 시집

시인의 말

느티처럼 나를 시커멓게 부풀리며

그 그늘에 나를 가라앉히며

젖은 새 한 마리 꼼짝도 않는다

세상의 모든 표면에서 나를 향해 날아온다

# 차례

**해설**

제1부

## 사과나무는 더 그리운 사과를

그래도 햇빛의 각도에 따라 사과는 익는다
울고 난 뺨같이 사과가 익는다
띄엄띄엄 떨어져 버린 사과가 그리운 사과나무는
더 그리운 사과를 매달고
떨어진 사과가 지나간 허공도 빛나게 서 있다

건너편 여자가 구름이 있는데도 빛나네 한다

전천후

앞집 창문이 날 본다
물살에 밀려가며 물살이 그립다
말하는 눈알의 눈이다
해가 진 구절양장 골목에
아등바등 쌓여 있는 눈알의 눈이다
눈알은 내가 한 살일 때 아흔 살이라며 허여멀겋게 쳐다
봤다
열아홉 살이라며 까불며 쳐다봤다
그 눈알 곁으로 버스를 타고 가
이젠 그만합시다
시커먼 눈알의 눈이 날 쳐다본다
부어도 줄지 않는 물통의 물을 짊어지고 쳐다본다
오랜만이에요 인사하고 찻길 건너는
나의 앞뒤에서 빵빵빵 눈알의 눈이 쳐다본다
어떤 눈알의 눈은 황소를 태워 신전에 바친다는 아비를
따라갔다
어떤 눈알은 시름시름 앓다가 아몬드 꽃을 따라갔다
그때마다 나는 보라색 머리칼이 났다
그때마다 나는 박하 잎을 입에 물고 중얼거렸다
너는 볼수록 아름다워지고 있다

# 창궐

비가 오는 모든 창문은 나의 창문이고
한 가지 미지가 흐르는 창문이고

가늘게 늘어진 장미 가지는
장미가 작열하기에 최적이다

나는 한 가지 가지밖에 모른다
늘어진 가지?
내가 가진 화분에는 없는 가지

너의 집은 군대 같다
소파도 벽 쪽으로 일렬로
화분도 줄 세워 일렬로

개흙을 칠갑하고
흐느적 속삭이고 싶다던 고양이

비가 오는 모든 창문은 나의 창문이고

자몽나무 가지에 철사를 감았다

시들시들해진다
철사를 풀었다


자몽나무 가지는 엉망이 되었고
벽에 걸린 드릴은 드릴임을 자각했고


내게 남은 건 벽 쪽으로 일렬
철사 뭉치
산타페 뒤에서 우는 고양이

# 힘 너머의 힘

수건으로 입을 틀어막고 나는 누군가를 불렀다
화장실 문을 잠그고 세수하고 얼굴을 닦다가
뭉클 수건에 네가 와 있었던 것이다
따스한 짐승 털같이 수건걸이에 걸려 있었던 것이다
현관문을 잠그고 비밀번호를 걸어 두어도 와 있다
창밖에 서 있는 택배 트럭 지붕에도 있고
거실 햇빛 속에도 들어와 있고
뭉쳤다가 흐르다가
나의 힘 너머의 힘을 너는 가졌나 보다
추운 날은 추운 날대로 부드러운 포즈로
겹겹의 잎과 겹겹의 가지가 서성대고
잎이 떨어지는 나뭇가지에서 불타다 온다
타다 탈 것 없이 타고
녹아내려 차가운 것이다
오늘은 또 가고 작년의 오늘도 갔고
징징 들이치며 와서 먼지 아래 있고
벽은 누렇게 바래 가고
차가움 하나가 두 개 세 개로 퍼져 뜨거워져
창문 환하게 밝히며 너는 오는 것이다
헌것에 새것이 와 섞이고

천천히 서쪽 하늘에서 오고
라디오 소리에 물들다 오는 것이다
잡아도 만져지지 않는다
물이 새 나간 손바닥 말라 버린 듯
내 몸을 휘감고 조용해져 있는 것이다
보도블록 주변에도 있다 그걸 보면 얼른
그래그래, 해야 하는 것이다
밥을 먹고 밥을 먹고
내 목을 할퀴지 말라고 혼잣말을 한다
머리칼을 말리다가 언뜻 뜨거운 널 본다
인간극장 할아버지는 마흔 자식이 두 명
폐암 걸려 죽고 간암 걸려 죽고
할아버지 두고 먼저 죽었다
그래도 가을이라고 단풍나무가 물든다
쌀쌀하다고 아파트 담가에 늦국이 핀다
어둑해진 거실 바닥에 주저앉은 할아버지
낮에 먹다 남은 막걸리 마시고 소금 집어 먹고
어둑어둑한 네가 할아버지랑 앉아 있다

## 차가워도 빨갛게

남자가 햇빛을 쬐며 몸을 달군다
재활용 집하장
찌그러진 광열판 찌그러진 차 범퍼
햇빛과 맞짱 뜨고 있다

끓고 나면 달라질 거다
나는 벽을 보며 말하다가

냉장고에 처박아 둔 사과처럼
차가워도 빨갛게

식는 일도 괜찮지 마음 주저앉히고

흰 것은 흰 것끼리
검은 것은 검은 것끼리

찌그러진 광열판 차 범퍼

추우면서 덥다고
더운데 떨린다고

# 구석방 사람

검은 눈발이다 석탄가루다 누군가는 먹잇감을 찾는 발
소리라 한다 자칼의 발소리를 닮았다 발음할 수 없는 뾰
족한 것이다 누군가는 캄캄한 봄이 오는 거다 어둠이 증
폭하는 거다 누군가는 짓무른다 놓치면 안 된다 한다 전
신으로 붙들어야 한다 곰팡내 나는 구석방 사람들은 여기
가 편하고 익숙하다 누군가는 달이 그들을 구석으로 떠미
는 거라 한다 누군가는 구석방 냉기가 그들을 더 구석으
로 떠미는 거라 한다 너는 일이 없고 겨울밤이 네 편을 들
어주고 있다 누군가는 돌멩이를 난롯가에 쌓는 것이라 한
다 누군가는 돌멩이가 벌겋게 어딜 다녀오는 것이라 한다
아니다 움직일 수 없어 불타고 있는 것이다

## 광활한 옷자락

희박한 김 군아
졸렬하고 웅장하게
대답해 줄까
눈곱만 한 꽃을 피워 볼까
내가 먼저 너의 뺨을 쓸어 줄까

늙은이가 너의 행방을 알려 주었다
입술과 목이 틀어졌더라
양도 염소도 아니더라

나는 종이가 날리는 바닥에 누워 있었지
부끄러운 머리카락을 풀어놓았지
손톱은 태연하게 빛나고 있었지

김 군아 무슨 소리 들었나?
간결한 피가 지나가는 소리
한없이 널 안고 싶어 하는 소리

내일 걱정은 안 할란다
광활한 벌판의 옷자락

흩어지는 분 냄새
무량겁 이 저녁이 언제이고
계수나무 가로수
노랑 보라 겹치는 저것이 언제이고

김 군아 이젠 정말 끝장낼까
계단 가득 절룩대는 달리아

# 냄새

후미오는 한물간 가다랑어 갈치 냄새를 좋아한다 코를 벌름대며 나는 이 냄새가 좋아 그러면서 좋아한다 고릿한 발가락 냄새가 진동해도 씻지 않는다 냄새가 떠날 수 없게 자신의 겨드랑이 속에 발가락 새에 넣어 놓았다 한 냄새 두 냄새 껍질이 벗겨지다 만 냄새 산 채로 머리 잘려 펄떡대다 한물간 냄새 섞여서 난다 몇 개 있는 비늘에 햇빛 묻어 슬쩍 빛나던 한물간 가다랑어 냄새 후미오 발 냄새 섞여서 떠돈다 그제는 범람한 강물에 떠밀려 주검을 드러낸 채 죽고 있던 붕어 냄새가 났다 대가리만 남아 있던 붕어 냄새 한 냄새 두 냄새 창문에 스미고 보도블록 움푹 꺼진 것처럼 먹먹한 냄새 후미오 발가락 냄새 떠다닌다 3동 앞 전나무 가지로 미끄럼틀 통 속으로 기어들고 아이들은 땀을 흘리며 미끄럼틀을 빠져나온다 신나서 소리치며 미끄럼틀을 빠져나온다 흘러오는 한 냄새 두 냄새 다용도실 문을 열면 시장에서 산 북어 솔치 비닐째 걸려 있다 나는 이 냄새가 좋아 그러면서 후미오는 시장을 어슬렁어슬렁 몇 바퀴를 어슬렁거리다 산 북어 솔치 냄새에 섞이며 먹먹한 그글피를 걱정 말아요 후미오 발가락 냄새가 진동한다

# 3시 11시

백화점 지하 1층
빵집 진열대
머핀과 벚잎 마카롱
위로 슈가파우더
내려앉는 시간
찹쌀 도넛
설탕 판에서 뒹구는 시간

내가 할 수 있는 건
속이 훤한 맹물 마시기
생수병 옆 커피 잔
내 집에 와 있어 우울해 보이는
커피 잔
마주치기

3시는 11시는

사랑은 시기하지 않는 것
언제나 온유한 것
영화 속 잭은 그의 친구 폴의 이름으로

에이미에게 이렇게 편지를 쓰라 하고

에이미는 편지를 들고 아직 기차에 앉아 있고
기차 속에서 또 기차를 타고 잭에게 달려가고
가시가 눈처럼 흰 선인장 사막을 내다보며
산꼭대기 교회를 올려다보며
사랑은 시기하지 않아요
사랑은 시기해요

마주치기

밍밍한 3시 밍밍한 11시

오피스 베란다에 나온 김 팀장
설탕 세 스푼 커피를 마신다
쿠킹 채널 셰프는
오이피클을 담근다 설탕을 붓고
간을 보고 한 컵 더 붓고
셰프 뒤쪽 선반에
메이폴 시럽 아가베 시럽

오늘 뭐해
글쎄 뭐……

치즈를 강판으로 갈고 있을
냄새나는 잭
기차 속에서 또 기차를 타는
에이미

맹물 마시기
뭐 그런 거 하지

## 너를 사랑한다! 나를 사랑하지 마세요!


압착기 관련 일을 했는가?
짓눌린 냄새가 나는데

딸기가 시들고 있는 딸기밭이 있고
버스가 지나다니고

이불과 밥솥을 싣고
저 아래 이사 온 집이다
식구가 보기보다 많다
같은 마을에 살다 보면 안다
오다가다 마주치고 눈 오고

해파리 꺼멓게 떠오르듯이
빗물 냄새같이
이불을 펼치면 식구가 나타난다

사흘에 한 번씩은 보인다
그들은 수군대고
큰 발과 내민 입 곪아 터진 말투
전염병을 퍼뜨리는 것 같지 않아?

내가 다 말해 줄 수는 없다

지하에 있는 발에게 잘 자 인사하고
창문에 있는 귀에게 잘 자
달걀 뱀에게
진흙에게…… 끝나지 않는다

이불과 밥솥을 싣고
버스가 지나다니고
왜 이렇게 짓눌린 냄새가 나지?

나는 불 꺼진 집에 이불을 펴고 너를 재운다
작은 잿더미를 다독이며
어제를 다시 잊고
루마니아 백양나무 까마득히 떠오르고

## 아스팔트 위에 너는 이글대고


먼지라도 붙잡아 봐야 한다
벽에 묻은 얼룩이라도 지워야 한다
네가 드나든 계단이 숨어 있을지
벼룩의 간만 한 힌트라도 있을지
나는 아귀처럼 밥 먹고
국물까지 마신다
거기에 묻어 있다
내 몸속으로 너는 넘어왔는지
나는 가끔 창문이 잘 보이지 않는다
계단을 내려오다 발을 헛딛고
일어나면 여름 아스팔트 위에
너는 이글대고 있고
손 뒤에는 어떤 숲이 있는지
어떤 강도가 날뛰고 있는지
비가 오면 아무것도 모르겠다
너는 너무 오래 오고 있다
가득해서 잡을 수 없다
나는 자전거를 타고 달린다
아저씨가 팔 벌려 빙글빙글 돌던 영화가 생각나고
그 아래 출렁이던 바다가 생각나고

뭐더라 뭐더라
나는 찾고 있다
너는 천지에 널려 있는데
엄마는 널 보여 주려고 날 낳았는지
흙구덩이를 파고 포도나무 가지를 잘라 묻어도
너는 사라지지 않는다
풍뎅이에게 아무도 모르는 기도문을 올린다

# 아주 먼 우주의 겨울 별들은 좋겠다

리투아니아엔
엉겅퀴가 피었다는데
빈 병이 웅웅거린다는데

이파리는 작은 이파리 위로
작은 이파리는 더 작은 이파리 위로

슬픔이 거덜 났다
나귀야
비틀대지 마

어디를 가려고 어딜!
무진장 비가 오는데
실랑이를 벌이다
우산을 내팽개치다 보았던 것일까
더 거친 생을 골라 줘
허세를 떨다 보았던 것일까

방문을 걸어 잠그고
머리는 뽕나무 몸통은 당나귀

아이를 낳다가 보았던 것일까
헝겊처럼
펄럭대는
머리는 뽕나무 몸통은 당나귀

당신의 창문을 쓸며 흘러가는
아무런 치장도 없이 흘러가는

●아주 먼 우주의 겨울 별들은 좋겠다: 박상순, 「즐거운 사람에게 겨울
이 오면」.

제2부

# 샤우팅

생선 대가리와 뼈
날마다 구정물이 생긴다
유쾌하고
위험하고

하지만 나는 영화를 본다
화가 나는 계절
빨간 장미
똑같은 일은 반복하기 싫다

화요일은 기압이 낮다
8시 20분 처음 햇빛은 춥다
모래시계 모래가 다 내려간다

뒤집으면 되지
트로트는 하수관에도 흘러 다닌다
생이 쉰밥처럼 가라앉았다

슬픔은 정복당하지 않는다
항암제 냄새 진동한다

나는 이불을 뒤집어쓰고 샤우팅 샤우팅
뼈가 타들어 가는 느낌

공기는 탁하고 길은 넓다
내일도 극장과 골목에 틀어박혀
불타는 집은 불타고

시큰둥한 생이 우거진다

## 허수아비에게로

난 간다

설탕이 단맛을 굳혔다는 말이 들리는 여기에서

느닷없이 가을이 오고 있던 중국단풍나무

잭나이프가 식탁에 떨어지고 컨테이너 바닥에 떨어지고
일영이가 기며 엄마 왜 그랬어요

난 간다

너와 눈이 마주치고 벽은 나를 향해 맹렬히 좁혀 오고 접
어 두었던 종이 부스러기 벌겋게 날이 서고

그늘이 짙은 집엔 오래된 사람이 산다 기다란 삽을 들고
어느 나무 그늘에서 걸어 나왔는지 사람이 하나 둘

난 간다

집 밖 계단에서 올라오는 물소리 흰 머리카락 올 끝 은하

천이 숲을 돌아가는 소리 면 땅의 바위 모래 금사출 덤불

(어떤 꽃들에게도 맞지 않던 흙)

●잭나이프가 식탁에 떨어지고 컨테이너 바닥에 떨어지고 일영이가 기
며 엄마 왜 그랬어요: 한준희 감독의 「차이나타운」에서 이미지를 빌림.

# 드럼통 물통 저것

비가 와야 한다
머리 아니면 발끝이라도 젖어야
숨을 쉰다는
먹통나무가 있다

방금 발등에서 뎅그렁 소리가 났다
수영장 물속에서도 들렸다
가까이 보이는 저 별이
사실은 엄청 먼 거리라고 하잖니
꿈속의 옆 사람에게 말을 할 때도
비를 피하고 싶다 생각할 때도

더럽게 비가 와야 한다
잠결에 나는 쓸려 가
구정물 전부 뒤집어쓰고
그는 입과 코를 막고 지나간다
나는 더 더러운 구석으로 간다
너무 많은 곳에 나는 있다
비가 아직 계속 와야 한다

내가 못 본 바닥 그 바닥 아래까지
귓속이 패는 소리 나도록
억수같이 비가 와야 한다
그래도 어딜 가고 싶다
밖으로 나갈 엄두 같은 것 안 나게
비가 살살 와 네가 올 줄 알았다
할머니가 나한테 그런 말 안 해도 되게
나를 가두는 비가 와야 한다

물불 안 가리고 빗줄기는 내리꽂혀야 한다
시커멓게 우거진 가로수
시커멓게 짙어진 횡단보도
트럭은 젖으며 달려간다
세상 녹아 버리게 비가 와야 한다

나는 옥상의 물탱크같이 터지지 않는다
어그러지지도 않고 빤질빤질
지하철에 앉아서
나를 쳐다보는 유리창 속의 날 본다
계단을 올라가다 내려오는 날 본다

비는 날마다 각오하고 와야 한다
뚱딴지같은 고무장갑 방수 페인트 저것
죽어도 죽지 않는 드럼통 물통 저것

# 사치

이불을 뒤집어쓴 대낮
바닥에 누워 있을 거야
화창한 멸망
복종하지 못하는 눈동자
한 칸씩 미끄러지는 리듬
쾌활하게 흐트러지는 머리카락
초콜릿 캐러멜 타르트
초콜릿 캐러멜 타르트
이것만 먹다 죽어 버리자
벽 밑의 계단으로
벽 밑의 올리비아 속으로
계단에는 보라색 쇠사슬
시몬느 아줌마
시시껄렁한 걱정은 안 할 거라고
죽어 가는 화분처럼 살아 볼 거라고

## 살구나무

아니에요 아니에요 나는 당신을 지나가는 봄날이에요 틀어지고 시들해질 관계지요 당신은 알아듣지 못하고 나는 손사래 치지요 머리를 흔들지요 나귀 네 쌍을 몰고 왔어 귓속말 그만해요 소용없다 새끼가 튀어나온다 삐죽한 대가리를 내민다 오늘은 무더워요 한두 달 지나면 당신은 당신을 몰라보고 나는 날 몰라본다 내가 날 붙잡을 수 없다 여자가 묘지를 내려가는 봄날 당신은 또 청혼을 하러 왔다 오래된 나를 갸우뚱 둘러본다 나귀 네 쌍을 몰고 왔다 청색 송어를 가지고 왔다 그만 칭얼대요 소문이 마을을 덮으며 퍼진다 내가 새끼를 낳고 그 새끼가 새끼를 낳아도 퍼진다 부끄러워 사지를 늘어뜨리고 숨어도 숨겨지지 않는다 풀들이 바위산 쪽으로 엎어진다 당신은 내게서 삼각형 별이 보인다고 머리칼 끝에서 겨드랑이 아래서 이글이글 타오른다 큰소리치며 집적댄다 아니에요 아니에요 나는 새끼를 몰아쳐 낳는다 눈코 뜰 새 없다 머리를 흔들지요 손사래를 치지요

# 차 문을 꽝 닫는다

터지지 말자 그러지 말자
주둥이 묶인 풍선
에잇 폭발해 버리자

기회가 있었는데

차 문에 끼이고 소리에 묻혀
사라졌을 텐데
감쪽같았을 텐데

기회는 아침을 먹다가도 온다
독재자가 채널마다 나타난다
아틀라스산맥 돌덩어리
텍사스 외딴집 전기톱
창 안을 들여다본다
저걸 어떡할 거야 도대체

목련나무가 우여곡절을 다 보여 주는 봄
저걸 어떻게 할 수나 있나

뒤집어진 자동차마냥 바퀴마냥
걸음은 헛돌고
주둥이 묶인 풍선 폭발할 수 없고

박살 난 유리는 깔끔하게 널브러졌던데
마침표만 한 부스러기
하나도
주저 없이 널브러졌던데

적도


아이들이 뾰족하게 시들고 있다 나는 나에게 불성실을
일삼는다 머리 비듬 떨어져 내린다 온갖 지하가 그립다


상담시간7시도착했음햄버거로저녁해결하고있음
누구에겐 일상적인 시간이었고
나는 진흙이 흘러나오는 귀를 달고
주의력 결핍 두 번째 상담 뭉개진 열매
진흥아파트 횡단보도를 지난다


빌딩 모나코쁘띠크
층층이 불이 켜진다
모나코쁘띠크 발음 같은 불이 비친다
미용실 열기구는 누군가의 머리통에
빙글빙글 들러붙어


한여름 대보름달이 엉뚱한 쪽으로 나를 끌어당긴다 돌
덩이도 굴러가야지 물살은 세차야지 날이 새기 전 바닥을
터치해라 고양이가 흰 종이처럼 울음을 빛내고 있다


벼랑에 기울어진 바위는 죽이 떠내려가는 강 쪽으로 한

사코 기울어진다

# 개같이

씹다 버린 껌같이
찻길 바닥에 들러붙어
개가 개같이 죽고 있다

비가 온다
이빨이 마르다 젖는다
하수구 뚜껑에 튕겨 온 이빨
독도 빛나다 젖는다

바닥을 흡흡대며 다녔다
꼬마가 달려가는 뒤에서
꼬마가 돌아보면 아닌 척 꼬리 내렸다
아빠가 아이를 부른다
슬금슬금 피했다
찻길 쪽으로 목을 빼고 끄덕이며

엉겨 붙은 털가죽
죽지 않는다
털가죽에 흥건한 피
졸아든다

빗물에 멀겋게 살아나 꿈틀거린다

고기 냄새 흘러온다
뭉개진 코
콧구멍을 모은다 말을 듣지 않는다
하늘을 올려다보며 배고프다
짖어 댈 머리통이 없다

빠개진 눈으로 세상을 본다
꼬리는 봐 달라고 곤죽이 되어서도 안간힘을 쓰고
목은 짖으려 하고
머리통 뼈다귀
찔끔 죽고 멀겋게 살고
혓바닥은 바닥을 자꾸 핥으려 하고

바닥에서 훈김이 피어오른다
개같이

# 습기야 곰팡이들아


창틀의 습기야 곰팡이들아 너희들 내게 말 걸어 보았나
나는 하루가 가득히 남아 있어 너희들 생각했다
알루미늄 냄새 풍기며 내게 말 걸어 보았나
어떻게 살고 있는지
덥고 건조할 때 맹물로 목 축이고 땀 흘리며 사는지
나에게 말 걸어 보았나 습기야 곰팡이들아
백일홍은 여름 하늘에 일 년 치 소식을 풀어놓고
백 일의 아침마다 우리는 우리의 끝에 왔다
갈 곳이 없다
작은 잎 다닥다닥 붙어 말하고 있다
습하다 어둡다
어느 곳으로 뻗어 나간 뿌리의 힘으로 말하는지
덥다 백 일의 꽃을 피운다
붉은 진액으로 여름까지 오는 길이 어둡고 무서웠다
잰걸음으로 피며 나에게 말 걸어 보았나
나는 아직도 하루가 가득히 남아 백일홍 생각하고
곰팡이 습기야 너희들 생각한다
멀리 있는 아이가 보인다
아이의 코앞에서 눈 끝에서 백일홍이 냇물처럼 아이를
따라 흘러간다

# 마야 부인

지하 8층 빨간불이 켜진 엘리베이터가 올라온다
마야 부인 잠 깨 끼룩댄다
샹그릴라 무척 좋아하지
미나리아재비 선인장
구구절절 마음 냄새 틀어막아라
벌판이 전망인 날은 없다
머리카락에 건기가 몰려온다
너는 어릴 때부터 수학을 좋아했다
분명한 걸 좋아했다고
엘리베이터 문이 열리자마자 말한다
마야 부인 애인은 빵나무 양파 자루
시속 300키로 가속페달
쥐가 갉아 먹은 초록색 비누
다라가 뒹구는 엉성한 그리움
저녁 길을 올라가는 사람
파도가 일러 주는 대로 발을 적셔라
심장이 젖지 않는다
심장을 펴고 싶지 않다
네가 먼저 벚나무의 발목을 잘라라
노란색을 좋아한다 고백하지 마라

배고픈 개의 꼬리가 상냥할 필요는 없다

# 물통이 떠내려가는 바다

한 칸씩 바다를 당기면 영화가 상영 중이다
물통이 떠내려가는 바다가 꿈에 보인다

담 너머 길에 돌을 내려놓고
남쪽 강둑으로 나는 달아났다

시월은 멕시칸 식당 사거리에서 가물거리고
사람은 안 보이고
의자 밑 스티로폼 가만히 있고

거둬들일 돌배가 있거나 그런 건 아니다
무덤의 할머니가 엎은 물이 발목을 스친다
전갈과 오소리는 나와 먼 친척 관계라고 일러 준다
푸른빛이겠다 황색이겠다
타고 있던 냄비 바닥은 검정을 건넜겠다
헛소리를 하다
씁쓰름한 샛길의 포클레인을 쳐다보고

잠시다 잠시다
돌은 다시 내 무릎에 와 있다

나는 돌에게 말했다
어디에 있든 당신은 다 나의 것입니다
입김을 뿜으며 말했다
그때, 나는 나였던가
손가락 발가락 뒤틀리지 않고
나는 나른하고 먼지 같아
땅은 갈라지지 않고
모퉁이 하나 어긋나지 않고
모래는 모래 해변에 다 있었다

# 너무 달콤하다

고양이가 지붕을 가로질러 가고
공중의 전선들은 뜨겁고

사다리를 놓을까
동굴을 더 막을까

병원에 가면 약밖에 더 줘
그래도 병원을 가야 할 거 아냐
송전탑이 고압을 제압하는 시간

벌판의 양귀비는 태양을 갈망할 테지만
국경은 우거지기만 할 테지만

패잔병인 나야 말해서 뭐해
움푹한 길이 좋아
시끄러운 파편이 좋아
그리움은 밧줄처럼 무거워

이런 순간은 규칙성을 가지고
난간에 쳐들어오고

너무 달콤하다
난간 아래를 내려다보는 날

허방, 그 바다의 바다
구석 평행선 흑해
나를 홀리며
꾸역꾸역 몰려오는 날이다

## 세핀샤르도네 마네킹

이름을 쓸어 보다
만조입니다 이름을 짓고

이런 날은 이상한 일들이 생긴다
완전히 고요해진 티끌과
죽을 판 살판 흰 조팝과

수영은 당분간 금지하는 게 좋다
귀먹어도 괜찮겠어요
이비인후과 의사는
피떡이 찼다 한다

9시에는 채송화가 핀다
이름을 쓸어 보다
망막이 타고
먼 집 양철이 타고

지금 말하는 건
차갑게 굳었다는 증상
이런 환자가 생각보다 많다

일명 세핀샤르도네 마네킹

환자 본인은 딱딱하지 않다 차갑지 않다

먹먹한 건 괜찮다

상담 때마다 우기지만

우기는 것도 그 병의 특징 중 하나

제3부

## 어떤 날은 풍뎅이

나무는 도도하다
어떤 날은 그늘까지도 버릴 게 없다
이건 내가 하는 말이 아니다
풍뎅이가 하는 말이다
큰소리로 말하다 나무를 친다
날개를 접었다 펼치며
그러다 풍뎅이는 나무에 바짝 붙어
아무 데도 가지 마
말도 없이 가지 마
저녁에는 내 등을 가려 줘
울지 않을 땐 내 목을 가려 줘
풍뎅이는 큰소리로
자꾸 사라지지 마
울면서 나무를 기어 다닌다
풍뎅이는 나무와 닮았다
꺾어졌다 붙은 듯 뭉툭한 다리
구부러진 뿌리 같은
다리로 기어 다니며
종일 찾았어 어딜 갔다 왔어
이건 내가 하는 말이 아니다

풍뎅이가 하는 말이다
나무에 붙어 소리치며
아무 데도 가지 마
사라지지 마
발작적으로 운다
나무도 발작적으로 우거진다

## 블랙베리가 익고

영하 11도 대낮이었고 언덕이었고 별문제가 있을 것 같지 않았다 손바닥에 속삭였다 늙는 일 태어나는 일 그런 건 아니다 돌 같은 것도 아니다 가방엔 식은 밥과 모자 평범한 산책이었다 새 한 마리가 바닥에 떨어졌고 양철 처마가 떨어진 새를 내려다보았다

문 뒤에서 돌아설 수도 나갈 수도 없었다 식어 가는 박스를 끌어안고 있었다 긴 복도를 사이에 두고 양쪽에 방이 있었다 방으로 달려갈 수 없었다 내가 쏟은 물은 전부 퍼담아 가라 했다 엄마가 머리맡에서 하던 말이다 누군가는 멀리서 새벽 철가교를 건너가고 한낮이 되어도 철가교 소리 들렸다 나를 쫓는 사냥개가 덩덩 우는 소리

기차가 들어오는 철길엔 북쪽으로 가는 기차 서쪽으로 가는 기차 무청 시퍼런 가을이 와도 내 손발은 세상이 귀찮다 손가락 발가락 귀찮다 바람 불어도 신나지 않았다 나는 쇠똥구리 동상을 돌았다 머리칼을 들어 올리고 팔을 들어 올리고 가려운 곳에 손이 닿지 않는다 거울을 보며 투덜거린다 기차역 스피커는 오늘도 연착입니다 정확한 말만 하고 막무가내 마음은 돌멩이와 달리고

블랙베리가 익고 미끄럼틀이 뜨거워질 때 아파트 축대의 벽돌 하나가 무너지자 삭아 버리자 마음먹을 때

# 두통약 다음은 코냑

전기톱 다음은 보푸라기
두통약 다음은 코냑
탭댄스 발소리 유리병

스크래치 나며 굴러간다
신발 바닥 삐뚤게 닳는다
자세에 붙어 생에 붙어
독방에서 구르는 유리병

매자나무 아래 지루함이 쌓인다
내일 더 광범위해질 것이다
201번째 신발 삐뚤게 닳는다
깡통이 굴러간다

아랫집 마르티스처럼 빙그르르
신맛에 침 흘리며
테이블보를 늘어뜨리며
테이블 밑의 공기를 밀며
깡통 굴러온다
덩크슛!

내게 도로 떨어지는 깡통

작년 다음은 그저께 어제
끝말잇기 유리병 다음은 검정 빨강
처박혀 쌓였다
새것이 굴러온다
난장판이다 진정을 절대 마다한다

# 신기하다

꽃이 피어 있는 오늘은 무슨 날인가

강바람 머리칼에 걸치고

자전거 타는 처녀

비틀대는 오후

풀장의 아이들은 소리를 지르고

안전 요원은 휘슬을 불고

매미 소리 배경

잔디는 파랗게

세상은 드문드문 가득히

노간주나무에선 비 맛이 나고

돌 하나 환하게 굴러오고

조랑말 발소리 내게 스며드는

오늘은 무슨 날인가

# 억새

뭔 일이 있었나
뭔 일을 지켜보았나
옆으로 뒤로 넘어지는

찾아도 옷은 없고
사람들은 다가오고

뭔 일이 있었나

말하기 싫어
말을 버벅대다 말을 죽이고
몸을 벼리던 일
말리던 일

안 그런 척 더 쓰러져
바닥에 깔려 있을 일
허리 꺾여 일어나고 싶지 않던 일
앞산이 쳐들어온다
헛것이 보이던 일

백 번도 넘게 쓰러지는 일
가만히 있다가도 쓰러지는 일

나를 베어라 갈아엎어라
말라 불타 버리고 싶은 일

## 그녀는 그녀를 지나가지 못한다

여자가 몇 명이 있냐니까
와중에 새들은 우는 일이 일상이니까
이 나무 저 나무 시끄럽다
통화 저편에서 딴말하는지
같은 말만 하는 그녀
그녀는 살이 비치는 윗옷을 입었다
땡볕에 앉아 있다
구부리고 물길 바닥을 보며 통화한다

산 넘어 산 그것도 나쁘진 않다

여자가 몇 명이 있냐니까

흙이 묻어 들어 못살겠다
엄마가 뒷마당을 시멘트로 묻어 버렸다
그래도 백일홍 피었다고
시멘트를 뚫고 피었다고 말한다
어제는 딸기 하우스 앞 고랑에
발이 빠졌다 깁스했다
코스모스가 황금색이다 전화한다

그녀는 그녀를 지나가지 못한다

미모사 꽃이 지는 노란 창문에도 여름은 찼다 말
랐다

　움직였던 빌딩이 안 그런 척 저녁에도 꼼짝 않는다 건
너편 빌딩이 나는 보았는데 다 보았는데 행인들에게 번쩍
대며 일러바친다 입원한 병실의 시트가 숨죽이고 하얗다
하얗다 숨죽인다 아울렛의 봉지를 털며 차 바닥에 음료수
를 쏟으며 아이는 거미줄을 신나게 쏜다 방문 앞을 흘러가
는 물속엔 아버지가 새 옷을 입고 와 있다 바닥에 널린 파
편들 원숭이 여섯 마리 아흔 마리 벽에 걸린 거울이 이제
는 눈이 부시고 시다 안 봐도 다 알겠다 벽은 조용하고 식
탁의 바나나엔 반점이 생긴다 사과가 썩는다 촛대가 놓인
창문이나 금이 간 창문이나 여름을 지나온 창문은 숭고해
진다 미모사 꽃이 지는 노란 창문에도 여름은 찼다 말랐다

## 드라이브

봄날의 역전 어디서 온 것이다
집을 떠나던 아침 입속에 고였던 것이다
삼십 키로 이십 키로 느린 감정으로
달리는 차 안팎에서 기어 오는 저것
다음 날 또 우거진다
꿈에 보았던 뜨거운 물살이다
폭설이 예상됩니다 일기예보
이튿날 비질에 쓸려 가 쌓이고
마당 구석에서 녹지 않던 저것
바람이라고 우기며
순하다고 우기며
친구가 죽었다는 문자 속에 쳐들어와 있다
노목이 넘어진 운동장에 뻗어 있다
그때는 그렇다
어제는 그렇지 않다
굴러간 바위와 녹아 버린 눈발
그 사이를 채우고 있는 저것
동생을 업고 말미잘 말미잘 토하고
그걸 내려다보던 날
담장에 늘어져 있었고

초저녁 길에 뻗어 나와 있었다

숙제도 못 하고

학교 가다가 집으로 돌아와 버렸다

지금도 등 뒤에서 뻗어 오고 있는 저것

십 키로 이십 키로 사거리 신호 대기

차창을 기어오르며

텅 빈 척 없는 척

## 아름다운 늑대야

죽은 나무가 부드러워지지 않는다
소나기가 지나간다
사탄이 몰려온다

철근 치는 소리 튕겨 온다
공사장 철판이 번쩍인다
장도리 빠루 렌치
공구함 팽팽해진다

넝쿨이 번지는 오후
아름다운 늑대야 넌 누구니?
그립다가 발이 아프다가

어서 끝내자 이것부터 끝내자
난간에 매달린 공사장 사람들은 바쁘다
너도 그렇게 바빴는가

시큰둥한 생은 전화기를 타고 오가고
선인장 농장에도
도마뱀 사육장에도 오간다

등짝에선 여전히 네가 오는 레일이 깔리는데
가로수는 만발이 직업이라고 한창 떠벌리는데
학교 정문 현수막 펄럭대고
너는 무언가를 맹렬히 탕진하는데

# 냉기

어깨가 뾰족하고 손가락이 길쭉하다
그의 방은 복도 끝에 있었다
오늘은 은근히 춥다
그의 눈과 턱엔 해가 들지 않는다
타일 바닥 냉기가 끼어 있다
여러 개의 엄숙이 끼어 있다
시린 그의 팔짱을 끼고 걸었다
나무 판때기에 기댔다
바닥의 돌들이 얼려고 하고
우리는 계단을 내려가 감잣국을 먹었다
겨우 목이 닿는 복도 창문으로
얼어 가는 샐비어 꽃밭을 내다보았다
벌레 울음소리 간혹 들렸고
빨래는 냉기의 간격을 두고 널려 있고
오늘은 은근히 춥다
그는 바닥의 돌처럼
냉기의 광휘를 전신에 두르고
햇빛 쬐며
자신을 지키고 있었다

# 힘껏

그래 내가 원죄가 있다 남자와 여자가
찻길에 차를 세우고 힘껏 다툰다
수년째 조카는 기숙사에 박혀 배가 나온다
자전거 탄 남자는 자전거를 세우고
비 내리는 트로트 끄지도 않는다
안전모 머리 위로 올리고 셀카를 찍는다
잘살아 볼 거라고 정신이 없다
강물은 내려가는데 위쪽으로 출렁댄다
풀을 벤 공원엔 풀 냄새가 나고
파라다이스 카페 풍차가 돌고
그 말은 그런 뜻이 아니라며
정치인이라는 것들은 옥외 TV에서도 떠들고
저기요 편의점을 찾고 있는데
조인성이 커피 마시는 광고판 건물에 있다
풀밭과 공중에는 공기가 있고
바닐라 아이스크림이 맛있다
닌자 거북 레오나르도가 좋다
꼬마와 아가씨들
한강에 세워져 있는 공룡 괴물
공기 아닌 것도 공기인 양 섞여

## 조짐

병원에 갔다 이미 사람들이 기다리고 있었다 푸석푸석
모두가 비슷하다 걱정할 거 없다고 한다 병원을 나오다가
이상이 없다는데 걸음을 옮기자 갑자기 무언가가 바닥에
서 올라온다 이유야 있겠지만 내가 모르는 것이고 늘어진
가로수 너도 모르는 것이다 경계도 중심도 없는 것이 내
목을 적시며 길을 적시며 올라온다 오늘은 더위가 한풀 꺾
였다고 그가 아침을 먹다 말했다 나는 구름 어디인지 벌판
어디선지 나를 적시러 오는 습기 냄새를 맡는다

# 바나나가 익고 칡꽃이 피는 계절이다

햇빛 뜨겁던 날이었다 겨울 다음 후년
후년의 후년이
깨진 수박이
빗물 바닥에 널브러져 있었고
여름이 거침없이 흘러오고
구청 도로과 직원이 레미콘 차를 끌고 왔다
목을 갸웃대며 패인 골목에 시멘트 반죽을 들이부었다
태양이 불덩어리를 퍼부었다
굳은 시멘트에서 싹이 올라왔다
상관도 없는 놈이 나무에서 울어 댔다
차라리 장엄한 분노가 절실한 여름이었다
나무를 자빠뜨리고 주저앉히고
마른번개가 나를 지지길
발목을 분질러 버리길
가슴을 덜렁대는 암캐는 죽을힘을 다해 새끼를 친다
그 새끼는 죽을힘을 다해 뱃가죽에 똥 묻은 암캐를 빤
다

칡꽃이 피는 계절이다
이런 날은 머리 풀고 소복 입은 여름 귀신이 난동이라

도 피우길

　쓰레기 더미 속 신원 미상 백골이라도 누가 찾아서 안고
나오길

　나의 나머지가 하나도 없는 날이다

# 유리를 망각하고

강 건너 집들은 오래되어 간다
쿠션은 잎이 나고
마트를 몇 번 갔다
유리라는 망각의 이름으로
공중이라는 망토의 이름으로
한 발 앞에서 고양이가 지나간다
저녁이 따라간다
더운물 쪽으로 망각 쪽으로
비누 묻은 수도꼭지가 헐겁다
얼굴을 부비고 양치를 한다
망각은 아침을 덮고
이파리를 날리고
주유소 주유기를 타고 자동차 배 속으로 흘러간다
조팝이 우거지면 같이 우거진다
죽은 아버지는 아직도 화를 내고
떨어진 신은 어느 길에 버렸는지
먼지 뭉치는 어디서 들러붙었는지
발바닥을 들여다보면
망각은 유리를 잊었고 망토를 잊었고
살비듬은 비밀문서인 양 떨어져 있고

제4부

# 메이

메이가 옆에 있다 누구야 누구십니까
거울이 하얗지만 메이가 쌓이지만
흰 돌 붉은 돌 패인 돌 누구야 누구십니까
빛나던 피 다라에 얼어 있던 피
목구멍에 쏟아붓고
개의 그림자인지 늑대의 그림자인지
컹컹대는 저녁 나무를 지나
메이는 굽이쳐 온다
테이블 밑엔 벼랑이 생겨나고
노란 강물이 범람하고
쉽게 불행해지지 않는다
메이는 메이가 다 되도록
느리게 메이가 되고 더 느린 메이가 되고
질병에 걸리는 메이
손을 올리면 따스한 진물이 흐른다
이빨들 사이로 흐른다
이건 저녁이 오는 공식
메이를 맞이하며
메이를 보내며
공중의 붉은 비늘에 들러붙어

찰나와 영겁의 진흙에 박혀

●메이: 입속을 맴도는 따스하고 사랑스러운 무엇.

# 눈뜨자마자 빛이 나는


물가의 저 별 좀 봐 봐

생을 다 드러내고 구부러져 있다
마른 돌 탄 돌 사이
헤엄치다 멈춰 있다

일어나야지 팔을 흔든다
물에 빠진 발을 내려다본다
사모이 사람들이 큰 발로 쳐들어온다

얼룩지는 저 별 좀 봐 봐

아침이 오기 전에 칼같이 숨어 버린다

비 오는 캠핑장
오전에는 포효하는 천둥으로
3시에는 프랑켄슈타인
나는 무얼 보는지도 모르고 무언가를 보고
흉터가 벌레처럼 기어 다니는 나를 보고
손톱을 물어뜯고

사각형 실내엔 비누 냄새 곰팡이 냄새
캠핑장 비 맞는 풀

바닥에 엎어지는 저 별들 좀 봐 봐
세수도 안 하고 금세 빛이 난다

고양이가 교태를 부리며 털을 게우는
어두컴컴한 창고 밖
눈뜨자마자 빛이 나는

저기 저 별 말이야
해안의 새들이 우는 소리같이
아이의 입속 흰 별사탕같이
간혹은 6초 후같이

# 씨네마

잠들면 누군가가 날 지켜보는 것 같다 고맙게도

밥 먹고 잠자고 사는 것인데 입이 타게 혼자 있다 보면 누군가를 부르고 싶고 엄마가 있어도 이럴 때 부를 이름은 아니라

저녁에 닿는 거지 삐뚠 담을 쌓고 사람들이 버스를 기다리는 정지된 화면 영원 같은 정류장에 앉아 신발 털어가며

수군대는 말 들어가며 네가 한 것이 뭐 있나 선반에 올려 둔 압정 상자 도로 바닥에 내동댕이쳐지고 뾰족뾰족 같은 통 속에서

치마 입고 발목을 지나는 바람이 달콤해서 낭창낭창 사는 것 같아서 사는데 삐뚠 담에 수세미 달리면 신기해서

사는데 슬픔은 아이스크림같이 흘러내리고 지옥의 내 머리칼에 엉겨 붙고 달콤한 바닐라 냄새를 풍기며 사라지지 않는다 고맙게도

# 쿠션과 럭비

이건 아무도 모르는 나만의 구아바 맛
어제보다 오늘 더 짙어졌다
럭비는 못 끝으로 머리를 꾹꾹 누르며

화려해지는 저 가시나무 그늘을 어쩔 거야
럭비는 쿠션에 기대 쿠션에게 묻는다

럭비는 선을 넘어갈
준비가 둥글둥글 되어 있다

어둠 속으로 명백히 가라앉는 데는 얼마나 걸릴까
찻길의 개같이 압사당하는 데는 얼마나 걸릴까

굼벵이같이 기어 오는 유리 조각
오늘은 내가 감추고 있는 피를 다 엎질러 볼게

럭비! 개의치 마
쿠션은 겨울에서 겨울까지 죽어 있기도 해
쿠션은 절대 울지 않아
쿠션은 슬픈 적이 없어

# 초록 공포

북파 공작원이었다는 남자들이
LPG 가스통 마개를 열고
광화문 대로에서 시위를 한다
세 살짜리 아기에게
밥 안 먹는다고 돌보미가 뺨을 때린다
초록은 초록으로
넓고 높은 집단이 되어 간다
내 키보다 키가 커진다
저 속엔 내가 버린 가스버너
오리털 파카 입고 자러 들어간 사람
잠정적 뉴스가
백골이 되어 가고
철근이 녹슬고 타이어가 처박히고
공동묘지 공기를 허파가 뭉개지도록 마시고 싶었다
값나가는 물건이 없어 집구석에 불을 지르고 싶었다
학교 전화기를 부셨다
남자 서너 명이 침 뱉는다
친구가 감자꽃 피었다고 강원도에 가자 한다
엄마가 숨 찬다고 보름간 입원했다
퇴원했다

선풍기를 틀어도 종일 땀이 흐른다
초록은 초록으로

지하철 2번 출구 별문제가 있을 것 같진 않았다 우산을
접으니 응급차 초록 불빛이 빙그르르 나를 감아 세운다

# Hey, Jude

아기야 너는 햇볕을 쪼이다가 아기를 낳는다 설산의 이리가 엉망으로 울부짖어 얼른 아기를 낳는다 부엌에선 감자가 얼었다 말랐다 너는 노란 돌만 있다는 동네 들소가 입김을 뿜으며 눈길에 나와 있다는 동네에 갔다가 아기를 낳는다 오늘은 겨울도 아닌데 들소가 입김을 뿜지도 않을 텐데 사거리 신호를 지키며 서 있는 응급차에서 아기를 낳는다 횡단보도 신호음 새소리는 건너가라 울어 대고 트램은 마을을 가로질러 가고 아기야 너는 어디를 가려다 더운 의자에 누워 아기를 낳고 있나 길은 뻗어 있고 옥수수를 먹다가 아기를 낳고 너의 키 큰 아기와 잠자다가 창 밑에서 아기를 낳고 그 아기가 아기를 낳을 것 같은 따뜻한 아기를 웅크린 눈발 같은 아기를 낳고 있나 너의 키 큰 아기는 코카 잎을 사러 간다고 응급차에 실려 갔고 아기야 너는 한 줌의 벌새를 날려 보내듯 손을 펼치며 아기를 낳는다 너의 키 큰 아기는 숨을 쉴 수가 없다 물을 마시고 싶다고 한다 아기야 너는 안 들려 물어보다 뜨거운 아기를 낳는다 가로수 사이 아무것도 없는 것이 가득히 차오르는 것을 보다가 아기를 낳고 더운 의자에 누워 있나 솜털 간질대며 바람 부는 저 골목으로 너의 키 큰 아기와 작은 아기 헤이 쥬드, 세상에 처음으로 솟아나는 샘물 같은 노래를

부르려고 웅크린 눈발 같은 아기를 창가의 따스한 아기를

# 격한 고속도로

왜 달리는지
그건 나도 모른다
저녁이 오면 달린다
비가 오면 달린다
심심해도 달린다

CCTV에 들키지 않는다
스모킹 드링킹 카페인 카페인
찐득거리는 비늘에 덮여
고속도로를 달린다

까마귀가 건설하는
너울대는 공중을 오가며
내리막 오르막을 달린다

아무도 말리지 않는다
여름 욕조의 머리칼은 늘어지고
나는 그 그늘에 머물 수 없고
고속도로를 달린다
산을 후려치는 물짐승 꼬리를 보며

깨진 유리창 주파수를 맞추며

종일 영화만 보다가 울다가
좀비가 되었던 날들을 지나
푸대 위로 내동댕이쳐진 날들을 지나

격한 고속도로를 달린다
삑삑대는 클라리넷 소리 들리고
무덤 밑에서 김이 나고
저녁이 오면 달린다
비가 오면 달린다

## 하늘이 허락 같은 것 안 했지만


그러고 나서 쇠뚜껑을 내리고 그 위를 흙이며 묘당을 지은 재료들로 덮어 놓았습니다 쉰여섯 번째 밤이 끝날 즈음 셰에라자드의 입술에 그것은 하얗게 피어 있습니다


비가 오면 우산을 타고 그것은 미끄러진다
오토바이 배기통에 녹슬어 있다
하늘이 허락 같은 것 안 했지만 스스로 주인이고 앞잡이다


조수 간만 범람을 즐기며 봄마다 노랗게 하얗게 피어 국경을 넘나든다


아파트 담장에 기대 야채 몇 단 펼쳐 놓은 노인의 야채위에 졸음같이 펼쳐져 있다
밥 먹을 새도 없어 고구마 줄기 껍질을 벗기다 조는 노인의 생을 다 들추어 놓고 노인과 같이 졸고 있다
여보세요 여보세요 전화를 받다 전화기를 들여다보면 깡마른 강바닥이 들어와 있다


파란만장을 따라온다 외쳐 보아도 입술에 들러붙습니

다

●그리고 나서 쇠뚜껑을 내리고 그 위를 흙이며 묘당을 지은 재료들로 덮어 놓았습니다: 『천일야화』 중 「첫 번째 탁발승」.

98

# 고온다습

먹통이다 먹통이다
목탁 소리
아수라 불지옥 뚫리지 않는다

제단에는 떡이 쌓였다
포도와 배가 쌓였다

남자는 벽에 기대서서
며칠간의 구름이 몰려오는 거라 했다

명부전 앞의 동해는 출렁이고
염불도 가라앉았다 치솟았다

먼 것은 더 멀어진다

여기가 어디지
잠에 빠져 있는 이 사람은 누구고
수염도 없이 그대는 몇 살이지

나는 제단의 떡처럼 쌓여

명부전 어디서 흘러오는 물을 맞이해야 했다
만져지지 않아 흐르는 걸 붙들어
서두르지 말라고
마저 흐르지 말라고
시들한 두려움조차 없이
유리창의 덜컹임도 없이

　나는 또 제 종아리를 후려치는 돌 밑의 여자를 짓누르
고 있었다

# 화형

지하로 가는 계단에는
불이 타고 있고
아침이 시들어 있고
노인은 아이를 업고
평온하게 울고 있는지
보푸라기 핀 스웨터 걸치고
불길 속을 천연스레 오가며
아이를 토닥이며
비 오는 하늘을 올려다보고
그러는지
양말을 겹쳐 신고 불길을 걸으며
자장 자장
왜 이리 춥냐
껴입은 옷들은 활활거리는지
타면서 춥다
그래도 노인은 아이를 업고
계단을 내려가고
국을 끓이고
불이 탄다
이불을 끌어당기다

불이 탄다
업은 아이는 잠들지 않는지
자라지 않는지
계단마다 끊어지고 접혀
타고 있는 노인이
우거지는 노인이
왜 이리 춥냐

## 살사

퓨사 꽃을 팔목에 감은 여인이 가슴을 흔들며 생의 한 때를 지나고 있다 먼지를 탓할 게 뭐 있나 가로수는 치렁치렁 옆 가지와 옆 가지가 부딪힌다 오이 넝쿨 가시는 가렵다 옆 넝쿨에 얽혀서 뻗어 간다 앙리 씨는 목요일을 맞아 창문을 닦고 푸른 비가 오는 저녁이다 월요일 화요일 일주일을 살고 칠 년을 살았다 암사마귀와 숫사마귀는 먹고 먹히며 무자비한 관능에 빠져들고 무자비한 헌신에 빠져들고 바다 마을 아이들은 칠드런스데이 절벽에서 뛰어내린다 시장의 건포도 세비치 오이절임 가슴골 깊은 끈티입은 여인의 손에 들려 골목을 흘러간다

# 정글의 짐승을 부를 때가 지나고 있었다

둥글고 네모나고
피 흐르는 타원형 감각적 디자인
벽뿐인 홀에 켜진 형광등
콘크리트

정글의 짐승을 부를 때가 지나고 있었다
깨진 창을 기어 다니던 애벌레가
어제는 개만큼 자라 울었다

경찰은 호루라기 불지 않는다
소년의 공은 골대를 빗나간다

세모 간판 네모 간판
돼지머리 수육도 있다
먹태도 있다
카스피해 해파리 무침도 있다

간판은 신념을 접지 않고
글자는 떨어져 덜렁대고
파리똥 끈끈이 새까맣고

살아가는 걸 여자는 까먹었다

할머니가 박아 둔
붉은 간판 속의 새가 아직 울고 있다

# 그렇다면 나는 매 순간 너를 믿고

이제 막 꿈속을 빠져나와
눈곱 때고 아침을 맞았는데
꿈에 마신 맥주 거품 아직 입가에 묻었는데
너는 벌써 나를 넘어 가득해진다
꿈속 행인들은 나를 다 지나가지 않았는데
차 버린 깡통 꿈 밖으로 떨어지지 않았는데
너는 내 종아리를 적신다
사과 주스도 만들어야 하고
계란도 삶아야 하는데
TV 속 사자가 누의 목을 물고 있다
너는 내 허리와 가슴까지 찼다
수건이 왜 이렇게 젖었어
그가 큰소리로 말한다
모르겠다 나도 아침부터 수건이 젖어서 싫었다
내가 일부러 적셨겠어?
당신이 일부러 적셨겠어?
너는 수돗물 줄기 옆에서 물방울처럼 튀며 있고
아쿠아리움 가오리마냥 너울대며 있고
뒤꿈치를 들고 나는 내내 두서가 없이 너에게 잠기어
간다

뻐끔뻐끔 너의 안에서 너를 부르며

아침마다 익사하며

나는 너의 끝에 가닿으려 하는가 보다

●그렇다면 나는 매 순간 너를 믿고: 페르난두 페소아, 「양 떼를 지키는 사람 5」.

# 메이, 슬픔의 단맛

오연경(문학평론가)

이태선의 시에는 슬픔의 명백한 기원이 존재한다. 이때 명백하다는 것은 기원의 사건성이 분명하게 드러나 있다는 뜻이 아니라 그것의 에너지가 부정할 수 없이 강력하다는 것을 의미한다. 어느 시점에 대폭발과 같은 기원이 있었고 그 후 슬픔의 우주는 무섭게 팽창하기 시작했다. 지금의 나는 어제의 슬픔으로부터 멀어지는 중이고 내일의 슬픔은 지금의 나로부터 멀어지는 중이다. 그렇게 우주를 가득 채운 슬픔의 파편들은 한시도 멈추지 않고 기원에서 멀어지고 있다. 그런데 슬픔은 왜 멀어지면서 환하게 빛나는가? 멀어서 더 멀어지는 슬픔은 왜 지금-여기로 당겨와 그리움의 대상이 되는가? 뒤를 돌아보면 돌이킬 수 없는 슬픔이 있고 앞을 내다보면 도래할 슬픔이 있다. 그리고 그사이에 맹렬하게 우거지는 시간이 있다. 이태선의 이번 시집은 이 텅 빈 채 무성한 시간, 불타면서 식어 가는 시간을 살아 내는 일에 대한 기록이다.

## 기원보다 더 그리운

슬픔의 기원에는 늘 '너'가 있다. '너'는 첫 시집의 첫 시에서부터 "몸 다 잃어버린/그렁그렁한 눈알 하나"(「웅덩이」, 『눈사람이 눈사람이 되는 동안』)로 등장하여 이태선의 시 세계를 지배하는 주체가 되었다. 시인은 스스로를 이 "눈알"에게 바치는 제물로 삼아 제 감정과 감각과 삶을 송두리째 맡겨 왔다. 이번 시집에서도 여전히 "시커먼 눈알의 눈이 날 쳐다"(「전천후」)보고 있다. 이 "눈알"은 어떤 날씨에도 눈을 감는 법이 없으며 어디에나 편재하고 한순간도 사라지지 않는다.

현관문을 잠그고 비밀번호를 걸어 두어도 와 있다
창밖에 서 있는 택배 트럭 지붕에도 있고
거실 햇빛 속에도 들어와 있고
뭉쳤다가 흐르다가
나의 힘 너머의 힘을 너는 가졌나 보다
추운 날은 추운 날대로 부드러운 포즈로
겹겹의 잎과 겹겹의 가지가 서성대고
잎이 떨어지는 나뭇가지에서 불타다 온다
타다 탈 것 없이 타고
녹아내려 차가운 것이다
오늘은 또 가고 작년의 오늘도 갔고

징징 들이치며 와서 먼지 아래 있고

벽은 누렇게 바래 가고

차가움 하나가 두 개 세 개로 퍼져 뜨거워져

창문 환하게 밝히며 너는 오는 것이다

헌것에 새것이 와 섞이고

천천히 서쪽 하늘에서 오고

라디오 소리에 물들다 오는 것이다

잡아도 만져지지 않는다

—「힘 너머의 힘」 부분

'너'는 '나'의 의지와 상관없이 항상 오고 있고 이미 와 있다는 점에서 "나의 힘 너머의 힘"을 가지고 있다. '내'가 할 수 있는 건 널 보자마자 얼른 "그래그래" 수긍하는 것이고 "내 목을 할퀴지 말라고" 달래는 것이다(같은 시). '너'는 수건걸이에도 걸려 있고 택배 트럭 지붕에도 있고 거실 햇빛 속에도 있고 오늘에도 있고 작년의 오늘에도 있었다. 그런데 이처럼 어디에도 있고 언제나 있고 끝없이 오고 있는 것은 다름 아닌 시간의 속성이 아니던가. 먼지가 쌓이고 벽이 바래 가는 동안, 가을이라고 단풍나무가 물들고 늦국이 피는 동안, 거부할 수 없는 힘으로 흐르는 것은 시간이다. "타다 탈 것 없이 타고/녹아내려 차가운 것", "차가움 하나가 두 개 세 개로 퍼져 뜨거워져/창문 환하게 밝히며" 오는 것, "헌것에 새것이 와 섞이"는 것이야말로 시간이 지닌 "힘 너머의 힘"이다.

끊임없이 뒤에서 밀고 들어오는 시간의 힘으로 저 기원에서 출발하여 매일매일 오고 있는 슬픔은 늘 반복되는 것이면서 낯선 것이다. 이 슬픔의 역설은 시간의 작용에서 비롯된 것이다. 시간은 슬픔의 팽창력을 가속화하는 힘이지만 동시에 슬픔의 열도를 식히는 힘이기도 하다. 그리하여 슬픔은 불타면서 차갑고, 차가워도 빨갛고, 더운데 떨리고, 젖으면서 말라 가고, 익으면서 썩어 가고, 터질 것 같은데 터지지 않고, 아프다가 아름답다. 시인이 "너는 볼수록 아름다워지고 있다"(「전천후」)라고 말하는 이유가 여기에 있다. 헌 슬픔에 새 슬픔이 섞이고 한 냄새에 두 냄새가 더해지고 지나간 그리움이 다가올 그리움으로 갱신될 때 슬픔은 매번 기원보다 더 그리운 것을 빚어낸다.

> 그래도 햇빛의 각도에 따라 사과는 익는다
> 울고 난 뺨같이 사과가 익는다
> 띄엄띄엄 떨어져 버린 사과가 그리운 사과나무는
> 더 그리운 사과를 매달고
> 떨어진 사과가 지나간 허공도 빛나게 서 있다
>
> 건너편 여자가 구름이 있는데도 빛나네 한다
> ──「사과나무는 더 그리운 사과를」 전문

이번 시집의 첫 시를 여는 "그래도"는 슬픔의 방향성을 돌려놓는 키다. '그래도 사과는 익는다'고 말하는 것은 앞으로 나아가는 시간의 작용을 수긍하겠다는 것이다. 그동안 시인이 제 자신에게 부여했던 영벌(永罰)은 모든 것이 슬픔의 기원으로 빨려 들어가는 것을 지켜보는 일이었다. 거기서 시간은 거꾸로 흐르거나 기원의 순간에 그대로 멈춰 있었다. 그러나 여기는 지옥이 아니라 삶이라서 시간은 앞으로 나아간다. 사과는 씨앗으로 돌아가는 게 아니라 가지마다 매달려 익어 간다. "떨어져 버린 사과"는 돌이킬 수 없는 그리움의 원천이지만, 바로 그 그리움이 "더 그리운 사과"를 매달게 한다. 떨어진 사과가 지금의 사과를 익어 가게 하는 거름이 되듯, 지나간 그리움은 그보다 더한 그리움을 낳아 지나온 시간의 허공마저 빛나게 한다. 이렇게 해서 슬픔의 기원은 내일의 슬픔으로, 후년의 슬픔으로, 멀어서 더 그리운 미래의 슬픔으로 팽창한다. 슬픔의 파편들이 허공에서 빛나는 것은 이처럼 멀어질수록 더 그리운 슬픔이 새록새록 익어 가는 시간의 작용, "지금도 등 뒤에서 뻗어 오고 있는 저것"(「드라이브」)에 밀려 앞으로 나아가는 삶이 있기 때문이다.

### 맹렬하게 우거지는 여름

그러나 앞으로 나아가는 시간의 속성은 가혹한 것이다. 익는다는 것은 날것이 숙성되는 것이지만 시간은 거기서 멈추지 않는다. 시간은 숙성을 지나 계속 나아가 끝내 썩는 일에 도달한다. 그러므로 익어 가는 것은 빛나면서 부패하는, 피어나면서 소멸하는, 작열하면서 시드는 일이다. 이

모순을 뜨겁게 품고 있는 계절이 여름이다. 이번 시집에 유독 여름을 배경으로 한 시들이 많은 데에는 이유가 있다.

벽은 조용하고 식탁의 바나나엔 반점이 생긴다 사과가 썩는다 촛대가 놓인 창문이나 금이 간 창문이나 여름을 지나온 창문은 숭고해진다 미모사 꽃이 지는 노란 창문에도 여름은 찼다 말랐다
　　　　　　　　　　　—「미모사 꽃이 지는 노란 창문에도
　　　　　　　　　　　　　여름은 찼다 말랐다」 부분

블랙베리가 익고 미끄럼틀이 뜨거워질 때 아파트 축대의 벽돌 하나가 무너지자 삭아 버리자 마음먹을 때
　　　　　　　　　　　　　　　—「블랙베리가 익고」 부분

차라리 장엄한 분노가 절실한 여름이었다
나무를 자빠뜨리고 주저앉히고
마른번개가 나를 지지길
발목을 분질러 버리길
가슴을 딜렁대는 암캐는 죽을힘을 다해 새끼를 친다
그 새끼는 죽을힘을 다해 뱃가죽에 똥 묻은 암캐를 빤다
　　　　　　　　—「바나나가 익고 칡꽃이 피는 계절이다」 부분

과일이 익고 꽃이 피고 새끼를 치는 여름의 한가운데서 맹렬한 생명의 기세는 부패와 죽음의 향기를 피운다. 여름

II3

을 지나는 것은 바나나가 농익고 사과가 썩어 가는 부패의 절차를 겪어 내는 일이다. 생명이 가득 찼다 말라 가는 일을 바라보는 일이다. 작열하는 열기 속에서 파괴와 소멸의 충동이 솟구치는 일이다. 죽을힘을 다해 살겠다는 의지가 뚫고 나오는데 무너지고 깨지고 불타고 망가지기를 열망하는 일이다. 여름을 지나온 창문은 저 이글거리는 삶의 본능 뒤에 무(無)로 돌아가려는 파괴 본능이 도사리고 있다는 것을 보여 준다. 시인은 "여름을 지나온 창문은 숭고해진다"라고 말한다. 슬픔이 삶을 통과하며 죽음 충동에 가닿는 것은 슬픔의 숭고한 경로라 할 것이다.

이번 시집에서는 이러한 죽음 충동의 목소리가 곳곳에서 들려온다. "찻길의 개같이 압사당하는 데는 얼마나 걸릴까" "오늘은 내가 감추고 있는 피를 다 엎질러 볼게"(「쿠션과 럭비」), "공동묘지 공기를 허파가 뭉개지도록 마시고 싶었다"(「초록 공포」), "나를 베어라 갈아엎어라/말라 불타 버리고 싶은 일"(「억새」), "이젠 정말 끝장낼까"(「광활한 옷자락」), "터지지 말자 그러지 말자/주둥이 묶인 풍선/에잇 폭발해 버리자"(「차 문을 쾅 닫는다」). 정념을 가득 품었다 터뜨리는 이 구어체의 말들에는 어떤 아슬아슬한 위태로움이 깔려 있다. 과격하고 과장된 표현이지만 짓눌린 채 가까스로 비집고 나오는 신음처럼 들린다. 밥을 먹고 생선 뼈를 발라내고 국물까지 마시고 있는데, 무너지고 망가지고 널브러지고 감쪽같이 사라지고 싶은 마음이 시도 때도 없이 쳐들어오기 때문이다. 자신을 파괴하고 처벌하여 무(無)로 환원하려는 충동은 순간의 결단으로 실현되는 것이 아니라 맹렬한 생의 의지와 팽팽하게 대결하며 미완의 상태로 유지되는 것이다. 이번 시집의 가장 강렬한 죽음의 형상은, 그리하여 죽어도 죽지 못하는 개 같은 죽음으로 그려진다.

엉겨 붙은 털가죽
죽지 않는다
털가죽에 흥건한 피
졸아든다
빗물에 멀겋게 살아나 꿈틀거린다

고기 냄새 흘러온다
뭉개진 코
콧구멍을 모은다 말을 듣지 않는다
하늘을 올려다보며 배고프다
짖어 댈 머리통이 없다

빠개진 눈으로 세상을 본다
꼬리는 봐 달라고 곤죽이 되어서도 안간힘을 쓰고
목은 짖으려 하고
머리통 뼈다귀
찔끔 죽고 멀겋게 살고
혓바닥은 바닥을 자꾸 핥으려 하고

바닥에서 훈김이 피어오른다

개같이

—「개같이」 부분


찬길 바닥에서 죽어 가고 있는 개의 형상은 "찔끔 죽고 멀쩡게 살"아 있는 상태, 생의 욕망은 꿈틀대는데 몸은 졸아들고 있는 상태, 죽어도 죽지 않는 상태, 죽은 채로 살아 있는 상태를 보여 준다. 뭉개진 코로 냄새 맡으려는, 빠개진 눈으로 세상을 보려는, 없는 목청으로 짖어 대려는 저 안간힘의 죽음은 얼마나 적나라한 살아 있음인가. 곤죽이 된 몸에서 훈김이 피어오르는 이 사태는 어쩌면 칡꽃이 피고 블랙베리가 익고 사과가 썩는 일과 동일한 사태인지도 모른다. 슬픔은 강렬하고 고통은 참혹하고 죽음은 창궐하는데 다들 별일 없다는 듯이, 괜찮다는 듯이, 잊었다는 듯이 멀쩡게 살아 있는 것이다. "붉은 진액으로 여름까지 오는 길이 어둡고 무서웠다"(「습기야 곰팡이들아」)지만 여름이 지나면 다시 여름이다. 세상은 늘 고온다습한 여름이므로 어둡고 무서운 슬픔의 계절은 결코 끝나지 않는다.


슬픔은 정복당하지 않는다

항암제 냄새 진동한다

나는 이불을 뒤집어쓰고 샤우팅 샤우팅

뼈가 타들어 가는 느낌

공기는 탁하고 길은 넓다
내일도 극장과 골목에 틀어박혀
불타는 집은 불타고

시큰둥한 생이 우거진다

—「샤우팅」 부분

슬픔은 그 어떤 것에도 복종하지 않는다. 삶의 욕망도 죽음 충동도 슬픔을 이길 수 없다. 슬픔은 "뼈가 타들어 가는 느낌"으로 삶을 태우고 죽음을 태우고 시간을 태운다. 그러나 슬픔의 화재는 이불 속에서, 우리 집에서, "극장과 골목에 틀어박혀" 일어나는 일이다. 슬픔의 샤우팅은 바깥으로 뻗쳐 나가는 외침이 아니라 내면을 후벼 파는 메아리다. 슬픔은 "주둥이 묶인 풍선 폭발할 수 없고"(「차 문을 쾅 닫는다」) "옥상의 물탱크같이 터지지 않는다"(「드럼통 물통 저것」). 여기에 슬픔의 가장 큰 비극이 있다. 억수같이 비가 오는데 어그러지지도 않고 빤질빤질하다는 것(「드럼통 물통 저것」), 몸이 타고 있는데 타면서 춥다는 것(「화형」), 집이 불타고 있는데 시큰둥한 생은 우거진다는 것. 슬픔은 "스크래치 나며 굴러간다"(「두통약 다음은 코냑」), 그리고 "다음 날 또 우거진다"(「드라이브」). 슬픔은 이렇게 정복당하지 않는 시간의 주인이 된다.

### 슬픔은 아이스크림같이 흘러내리고
이태선의 시는 폭발할 듯한 감정들을 눌러 담고 있음에

도 불구하고 좀처럼 감정어를 사용하지 않는다. 오히려 그
의 시를 장악하고 있는 것은 풍성한 감각어들이다. 시각과
색채는 물론 소리, 질감, 온도, 습도, 냄새를 아우르는 다채
로운 표현 중에서도 특히 피부로 체감되고 숨결로 느껴지
는 듯한 촉각적 실감은 압도적으로 강렬하다. 시를 읽으면
서 후텁지근한 열기 속에 훅 끼쳐 오는 선뜻함, 끈적끈적한
공기를 뚫고 나오는 단단한 냉기를 느꼈다면 이태선이 펼
쳐 놓은 슬픔의 기후대에 진입한 것이다. 이 고온 다습한
대기에는 "한물간 가다랑어 갈치 냄새" "고릿한 발가락 냄
새" "먹먹한 냄새"(「냄새」), "짓눌린 냄새" "빗물 냄새"(「너를
사랑한다! 나를 사랑하지 마세요!」), "항암제 냄새"(「샤우팅」), "구구
절절 마음 냄새"(「마야 부인」), "나를 적시러 오는 습기 냄새"
(「조짐」)가 가득 차 있다.

그런데 슬픔의 대기 속에 어떤 다른 조짐이 나타나기 시
작했다. 슈가파우더, 설탕, 메이플 시럽, 아가베 시럽, 머
핀, 마카롱, 초콜릿, 캐러멜, 타르트, 아이스크림, 달콤한
바닐라 냄새. 이 달달하고 부드럽고 향긋한 단어들은 어찌
된 일일까? 제 자신에게 행복과 웃음을 허락하지 않던 자
기 처벌의 단호함은 어디로 간 것일까? 시인은 여전히 "나
는 더 더러운 구석으로 간다"고, "내가 못 본 바닥 그 바닥
아래까지" 가야 한다고 각오하지만(「드럼통 물통 저것」), "난간
아래를 내려다보는 날"이면 "너무 달콤하다"고 말한다(「너무
달콤하다」). 모래시계의 모래가 다 내려가면 뒤집으면 되는
것처럼 바닥은 공중이 되고 발끝은 머리가 되고 갯더미는

초록이 되고 슬픔은 달콤함이 된다고 믿게 된 것일까? 죽음의 허방으로 곤두박질칠 것 같은 난간이 삶의 자리라면 "시시껄렁한 걱정은 안 할 거라고/죽어 가는 화분처럼 살아 볼 거라고"(「사치」) 분에 넘치는 작정도 해 볼 만한 것이다. 그리하여 "초콜릿 캐러멜 타르트/이것만 먹다 죽어 버리자"(같은 시)는 것은 먹먹한 내일을 다독이는, 기어코 살아내자는 위로가 된다.

치마 입고 발목을 지나는 바람이 달콤해서 낭창낭창 사는 것 같아서 사는데 삐뚠 담에 수세미 달리면 신기해서

사는데 슬픔은 아이스크림같이 흘러내리고 지옥의 내 머리칼에 엉겨 붙고 달콤한 바닐라 냄새를 풍기며 사라지지 않는다 고맙게도

—「씨네마」 부분

저 먼 기원에 자리하고 있던 "그렁그렁한 눈알 하나"는 시인의 전 생애를 탕진하며 여기까지 굴러와 "아이스크림같이 흘러내리고" 있다. 이렇게 달콤해도 되나 싶게, 이렇게 환해도 되나 싶게, 이렇게 신기할 수가 있나 싶게 곁을 지키고 있다. 밥 먹고 잠자고 구정물 뒤집어쓰고 그렇게 사는 것인데, 이토록 시시하고 밍밍한 일을 지켜보는 누군가가 있다. "사는데"라는 맹물 같은 말 뒤에는 늘 슬픔이 따라 붙는다. 이태선은 흘러내리고 엉겨 붙어 냄새를 풍기며 사

라지지 않는다는 이 사실 자체가 슬픔의 달콤함이라고 믿기로 한 것 같다. 견딜 만하고 익숙해져서 달콤한 것이 아니라, 고맙게도 곁에 있어 줘서 달콤한 것이라고 말이다. 슬픔은 무엇에도 정복당하는 법 없이, 거덜 나는 법 없이, 사라지는 법 없이 삶의 위태로운 난간에 찐득찐득하게 들러붙어 있다. 그러니까 슬픔은 지옥 같은 삶을 지켜보는 눈알, 쉬지 않고 영사기를 돌려 내 삶의 빛과 그림자를 만들어 내는 "씨네마" 같은 것이다. 그러니 "입이 타게 혼자 있다 보면 누군가를 부르고 싶고"(같은 시) 그럴 때 슬픔에 붙여 줄 달콤한 이름 하나 있어야 하지 않겠는가.

> 메이가 옆에 있다 누구야 누구십니까
> 거울이 하얗지만 메이가 쌓이지만
> 흰 돌 붉은 돌 패인 돌 누구야 누구십니까
> 빛나던 피 다라에 얼어 있던 피
> 목구멍에 쏟아붓고
> 개의 그림자인지 늑대의 그림자인지
> 컹컹대는 저녁 나무를 지나
> 메이는 굽이쳐 온다
> 테이블 밑엔 벼랑이 생겨나고
> 노란 강물이 범람하고
> 쉽게 불행해지지 않는다
> 메이는 메이가 다 되도록
> 느리게 메이가 되고 더 느린 메이가 되고

질병에 걸리는 메이

손을 올리면 따스한 진물이 흐른다

이빨들 사이로 흐른다

이건 저녁이 오는 공식

메이를 맞이하며

메이를 보내며

공중의 붉은 비늘에 들러붙어

찰나와 영겁의 진흙에 박혀

—「메이」 전문

　　지나온 모든 날들의 갈피마다 박혀 있던 돌, 할퀴고 때리
며 쳐들어오던 돌, 벌겋게 달아올라 굴러오던 돌, "흰 돌 붉
은 돌 패인 돌"이 여기 와 '메이'가 되어 쌓여 있다. "누구야
누구십니까" 물어도 대답 없이, 어둡고 습한 시절, 맹렬히
탕진하던 시간, 아수라 불지옥을 지나 '메이'는 도도하게 굽
이쳐 온다. "빛나던 피 다라에 얼어 있던 피"를 삼키고 "컹
컹대는 저녁 나무를 지나" 지치지 않고 온다. '메이'는 저 기
원에서부터 여기까지 거침없이 흘러오는 것, 너무 오래 오
고 있는 것, 가득해서 잡을 수 없는 것, 달아나도 다시 내
무릎에 와 있는 것, "아무 데도 가지 마/사라지지 마"(「어떤
날은 풍뎅이」) 울면서 매달리는 것, "좀비가 되었던 날들을 지
나/푸대 위로 내동댕이쳐진 날들을 지나"(「격한 고속도로」) 달
려오고 있는 것이다.

　　이태선은 저 지나온 시절의 슬픔을 그러모아 "입속을 맴

도는 따스하고 사랑스러운 무엇", '메이'를 부른다. '메이', '메이', '메이', 다 지나왔고 지나는 중이고 지나갈 것이라는 주문 같은 것. 시집 여기저기에 심상하게 흩어져 있는 '지나다'라는 말에는 이상한 안도가 깃들어 있다. 벼랑이 생겨나고 강물이 범람하는 세상을 지나 여기에 와 있으므로 이제는 "쉽게 불행해지지 않는다"고 말할 수 있다. 한 번 더 '메이', '메이', '메이', 입속에 넣고 이리저리 굴리면 따뜻하게 울리는 위로 같은 것. '메이'는 되어 가는 중의 슬픔, 결코 완성되지 않는 슬픔, 느리게 더 느리게 오고 있는 슬픔이다. 그리하여 '메이'는 삶과 떨어질 수 없이 죽음과 들러붙은 채 끝내 말이 되고 노래가 되고 시가 된다. 이태선의 시는 "메이를 맞이하며/메이를 보내며" 공중과 바닥, 찰나와 영겁에 걸쳐 달콤한 아이스크림처럼, 따스한 진물처럼 흘러내릴 것이다. 그러니까 마지막으로 한 번 더 '메이', '메이', '메이', 이것은 슬픔의 단맛 같은 것.